시애틀 추장의 편지

국립중앙도서관 출판시도서목록(CIP)

시애틀 추장의 편지 / 원작 : 시애틀 추장 그린이 : 탁영호
옮긴이 : 서정오 – 파주 : 고인돌, 2017
p. ;   cm

원표제 : Chief Seattle's letter
원저자명 : Chief Seattle
영어 원작을 한국어로 번역
ISBN 978-89-94372-85-3 77300 : ₩13000

연설문(演說文)

3044-KDC6   CIP2017018942

시애틀 추장의 편지

초판1쇄 펴냄 ㅣ 2017년 8월 25일

원작 ㅣ 시애틀 추장
그림 ㅣ 탁영호
옮김 ㅣ 서정오
디자인 ㅣ 인디나인
펴낸이 ㅣ 정낙묵
펴낸 곳 ㅣ 도서출판 고인돌
주소 ㅣ 경기도 파주시 문발동 617-12 1층 우편번호 413-832
전화 ㅣ (031) 943-2152
전송 ㅣ (031) 943-2153
손전화 ㅣ 010-2261-2654
홈페이지 ㅣ goindolbook.com
전자우편 ㅣ goindol08@hanmail.net
출판등록 ㅣ 제 406-2008-000009호

시애틀 추장의 편지

고인돌

책을 읽기에 앞서

　지금으로부터 한 160년 전 일입니다. 지금 미국 땅인 북아메리카 서쪽에 '수쿼미시족'이라는 원주민 부족이 살고 있었습니다. 어느 날 백인 대표들이 이 부족 지도자인 시애틀 추장에게 찾아옵니다. 그 사람들은 미국 대통령 피어스의 전갈이라며 이 부족이 대대로 살아온 땅을 팔라고 합니다. 땅을 팔고 백인들이 정해 준 '보호 구역'으로 가라는 것이었지요.

　시애틀 추장과 그 부족은 이미 총을 들고 쳐들어온 백인들에게 굴복하여 욕을 당한 적이 있었습니다. 그러니 어찌 그 제안을 거절할 수 있었겠습니까? 시애틀 추장은 슬픔 속에서도 꿋꿋함을 잃지 않고 백인 대표들 앞에서 연설을 했습니다. 이것이 그 유명한 '시애틀 추장의 편지'입니다.

　이 편지 속에는 부족 전통에 대한 애착과 함께 위대한 자연을 향한 사랑이 가득 차 있습니다. 또 자연을 먹잇감으로 보고 함부로 망치는 백인들에게 보내는 날카로운 꾸짖음도 들어 있습니다. 이 땅을 지키고 사랑해 달라는 간절한 부탁의 말과 함께.

　이 편지가 진짜 시애틀 추장의 것이냐, 그 말이 얼마만큼 정확하게 전해졌느냐 하는 것은 끊임없이 논란거리가 되어 왔습니다. 시애틀 추장이 처음에 한 말은 원주민 말이었을 테고, 그것을 누군가 백인들 말인 영어로 옮겼을 테니 꼭 그대로라고 하긴 어려울 것입니다. 또 세월이 흐르면서 그 내용이 얼마든지 보태지고 달라졌으리란 것도 짐작할 수 있습니다.

　그렇다 해도 이 편지가 지닌 값어치가 줄어드는 것은 아닙니다. 우리에게 중요한 것은 시애틀 추장이 정말로 이런 말을 했느냐 아니냐가 아니라 이 편지 속에 담긴 고귀한 마음이니까요.

　그러니 여러분은 이 편지 속의 말 한 마디 한 마디를 새겨 가면서 읽어 보십시오. 160년 전 우리와 생김새가 비슷한 원주민 추장 할아버지가 그 마을을 빼앗으러 온 백인들 앞에서 했다는 말을, 그 절절한 마음과 떨리는 목소리까지 헤아리면서 읽어 보십시오. 마음이 맑아지고 눈이 밝아지는 것을 저절로 느낄 것입니다.

서정오

미국 제14대 대통령 피어스(1853~1857년 재임)이
파견한 백인 대표자들이 시애틀 추장에게
아메리카 원주민들이 사는 땅을 팔라고 요구했다.
시애틀 추장은 유럽에서 이주해 온 백인들의
자연 파괴와 생명 경시를 비판하는 연설을 한다.
이 연설은 미국 독립 200주년을 기념한 '고문서 비밀 해제'로
120년 만에 '시애틀 추장의 편지'로 세상에 햇빛을 보게 되었다.
'시애틀 추장의 편지'에는
자연과 사람은 원래 한 몸이라는 아메리카 원주민의 오랜 믿음이 배어 있다.
미국 서부 태평양 연안 캐나다 접경 도시인 '시애틀'은
시애틀 추장의 고귀한 정신을 기리기 위해 지어진 이름이다.

세상은 어떤 곳이에요?

모두가
함께 사는 곳이란다.

원 안에서
우리는 모두
동등하다는 뜻이지.

나무와 동물들이
사람과 동등하다고요?
만물은 같은 공기로
숨을 쉰다.
짐승도, 나무도, 사람도.

그리고 원에는
앞뒤와 위아래가 없어.

이곳에는 모든 인종,
모든 나무, 모든 동물들이
함께 살고 있지.

세상이 좋아지려면
모든 종들이 반드시 서로
존중해야 한다.

저 새도
이 땅의 주인이군요.

그럼, 저 새와 우리는
이 세상의 일부분이야.

할아버지,
저기 백인들이 와요.

당신이
시애틀 추장이오?
우리는
아메리카 피어스 대통령의
명령을 받고 왔소.

우리에게서
빼앗아 갈 것이
더 있습니까?

자, 보시오.

당신들이 총칼로
모두 빼앗아 가고
남은 것들입니다.

이건 우리 대통령이
보낸 편지요.

여기 둘 테니
천천히 읽어 보시오.

어떤 내용인지
안 봐도 알겠구려.

그럼, 우리 뜻을
수락했다고 전하겠소.

가자!

우리 종족을 멸망시키려는
협박입니다.
차라리 싸우다 죽읍시다!

이미 답이 나왔잖아.

워싱턴 대추장에게
답장을 보냅시다.

워싱턴 대추장*이 우리 땅을
사고 싶다는 말을 전해 왔습니다.
대추장은 또 우리와 사이좋게
지내고 싶다는 뜻도 전해 왔습니다.
이건 순전히 그쪽에서 베푼
친절이란 걸 압니다.
그 보답으로 우리 우정이 아쉬워서
그런 건 아닐 테니까요.

*워싱턴 대추장: 미국 제14대 대통령 프랭클린 피어스
(1853~1857년 재임)

백인들은 왜
땅을 탐내나요?

사람이 밟고 다니는 땅은
파는 게 아니란다.

어쨌든 우리는 당신들 제안을 깊이 생각해 보겠습니다.
왜냐하면 우리가 땅을 팔지 않는다면 백인들이 총을 들고 와서
우리 땅을 빼앗아 가리라는 것을 잘 알기 때문입니다.

그런데 당신들은 어떻게 저 푸른 하늘이나 따사로운 땅을 사고팔 수 있습니까?
그럴 수 있다는 게 우리는 참 이상합니다. 맑은 공기와 반짝이는 물이 우리 것이 아닌데도 어찌 당신들은
그것을 살 수 있단 말인가요?

이 땅 구석구석에 있는 모든 것이 우리 부족에게는 다 성스러운 것입니다.
햇빛에 반짝이는 솔잎, 강가에 펼쳐진 흰 모래밭, 깊은 숲속에 피어오르는 안개, 숲 사이에 자리 잡은
너른 풀밭, 윙윙거리며 우는 벌레, 이 하나하나가 우리 삶과 생각 속에서는 다 거룩합니다.

나무 속을 흐르는 물줄기에도
우리 원주민의 마음이 담겨 있습니다.

당신네 백인들은 죽으면 별이 가득한 하늘나라로 가서 자기가 태어난 나라를 곧 잊어버립니까?
우리는 죽어도 이 아름다운 땅을 잊지 못합니다.

왜냐하면 이 땅은 바로 우리 어머니이기 때문입니다.

우리는 땅의 한 부분이고 땅은 우리의 한 부분입니다.
향기로운 꽃은 우리 자매이고 사슴과 말과 큰 독수리는 우리 형제입니다.

바위투성이 산봉우리, 풀밭에 가득한 습기, 조랑말 몸에서 나는 온기,
그리고 우리 사람들 – 이 모든 것은 한 식구입니다.

그래서 워싱턴 대추장이 우리 땅을 사고 싶다고 한 것은
우리가 팔 수 없는 것까지 달라고 한 말이나 다름없습니다.

대추장은 또 전하기를, 우리끼리 따로 조용하게 살 수 있는 곳을
마련해 주겠다고 했습니다.

그렇게 되면 그는 우리 아버지가 되고 우리는 그의 자식들이 되겠지요.

어쨌든 우리는 당신들이 우리 땅을 사고 싶다고 한 제안을
깊이 생각해 보겠습니다.

하지만 그게 쉬운 일은 아닙니다.
이 땅은 우리에게 너무나 성스러우니까요.

반짝이는 개울물과 강물은 그저 물이 아니라 우리 조상의 피와도 같은 것입니다. 만약 우리가 당신들에게 우리 땅을 팔더라도
당신들은 그 땅이 성스럽다는 것을 반드시 알아 두어야 합니다. 그리고 아이들에게도 그 땅이 성스럽다는 것을 가르치십시오.
맑은 호수에 은은하게 비친 그림자 하나하나가 우리 부족이 겪은 일과 그 기억을 이야기해 준다는 것을……

강물 흐르는 소리는 우리 조상의 목소리입니다. 강은 우리 형제이며 우리 목을 축여 줍니다.
또 배를 실어 나르고 우리 아이들을 먹여 살립니다. 만약 우리가 당신들에게 우리 땅을 팔더라도 당신들은
반드시 기억하고 또 아이들에게 가르쳐야 합니다. 강은 우리 형제이며 또한 당신들 형제란 것을.
그리고 앞으로 당신들은 형제에게 하는 것과 똑같이 강에도 친절을 베풀어야 합니다.

우리 원주민은 백인들이 쳐들어오면 언제나 뒤로 물러나기만 했습니다. 마치 새벽 산안개가 아침 해가
떠오르면 물러나듯이 말입니다. 그러나 우리 조상의 뼈는 성스러운 것입니다. 또 그 무덤은 거룩한 곳입니다.
이 언덕, 이 나무도 마찬가지입니다. 우리가 살던 이 땅은 우리에게 너무나 거룩한 곳입니다.

우리는 압니다.
백인들은 우리가 사는 방식을 이해하지 못한다는 것을.

백인들은 자기들이 발붙이고 사는 땅도
다른 물건과 마찬가지로 여기는 것 같습니다.

마치 밤중에 들어와 필요한 것을 가져가는 도둑처럼, 그들은 땅에서 무엇이든 가져가려고만 하지요.
백인들에게 땅은 형제가 아니라 적인가 봅니다. 그러기에 한 땅을 정복하면 곧 다른 땅을 찾아 떠나는 거지요.

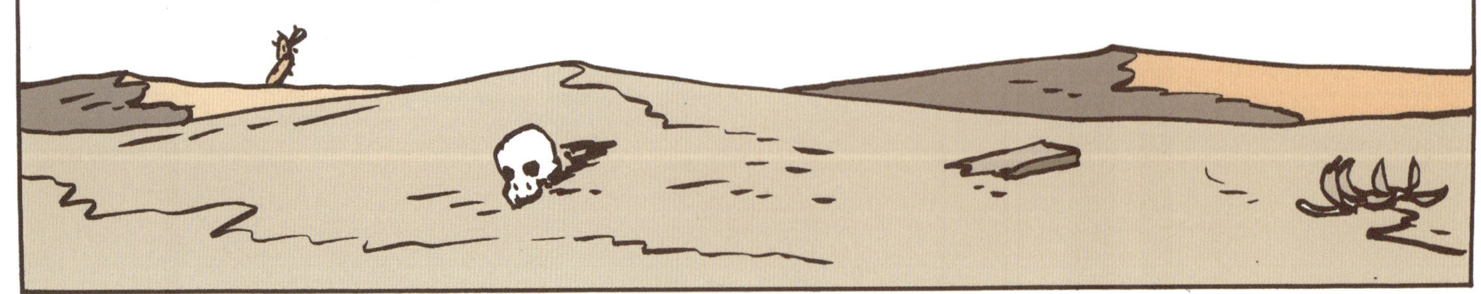

백인들은 자기네 조상의 무덤을 아무렇게나 내버려 두고서도 조금도 마음 쓰지 않습니다.
아이들이 뛰어놀 땅까지 빼앗아 버리면서도 조금도 미안해하지 않습니다.
그래서 그 조상의 무덤과 마찬가지로 아이들이 살 권리도 금세 잊히고 맙니다.
백인들은 자기네 어머니인 땅과 형제인 하늘까지도 사들이고 빼앗고 팔아 치우는 물건쯤으로 여깁니다.
마치 양이나 목걸이처럼 말이지요.
그 탐욕스러움은 끝내 이 아름다운 땅을 다 먹어 치우고 메마른 사막만을 남겨 놓을 것입니다.

참 모를 일입니다. 우리가 사는 방식은 당신네 백인들이 사는 방식과는 다릅니다.
당신들이 사는 도시 모습을 보면 우리는 마음이 아픕니다.
우리 원주민이 미개인이어서 당신들을 이해하지 못한 탓인지 모르지만, 백인들 사는 도시에는 도무지 조용한 곳이라곤 없습디다.

봄철에 나뭇잎 흔들리는 소리나 벌레들 날갯짓 소리를 들을 수 있는 곳은 아주 없지요.
이 또한 내가 미개인이어서 당신들을 이해하지 못한 탓인지 모르지만, 그 시끄러운 소리는 귀를 더럽히기만 하는 것 같습니다.
만약 쏙독새 외롭게 우는 소리나 밤중에 연못가에서 개구리 소리를 들을 수 없다면, 그런 삶이 다 무엇이란 말인가요?
나 같은 원주민은 도무지 이해할 수 없습니다. 우리 원주민은 연못 물 위를 스치는 부드러운 바람 소리를 너무나 좋아하고,
한낮에 내린 비에 말끔히 씻긴 깃털소나무 향기를 머금은 바람 냄새를 그 무엇보다도 사랑합니다.

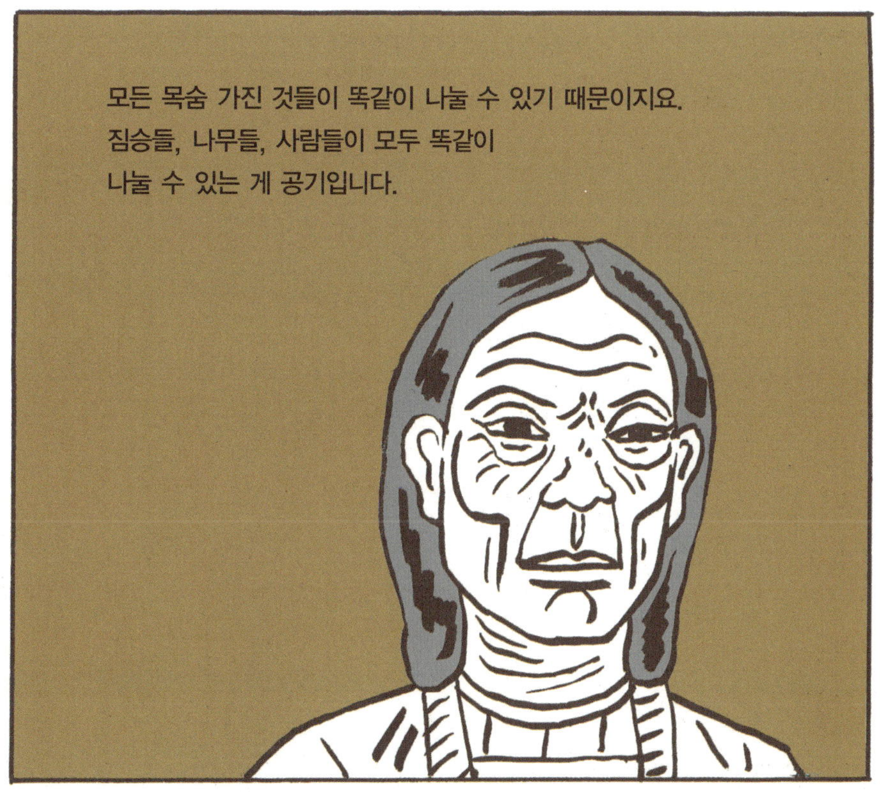
공기는 우리 원주민에게
소중한 것입니다.
모든 목숨 가진 것들이 똑같이 나눌 수 있기 때문이지요.
짐승들, 나무들, 사람들이 모두 똑같이
나눌 수 있는 게 공기입니다.

당신네 백인들은 공기 덕분에 사람이 숨 쉬고 산다는 것을 알지 못하는 것 같습니다.
죽음이 며칠 안 남은 사람처럼 고약한 냄새도 느끼지 못하는 것 같습니다.

만약 우리가 당신들에게 우리 땅을 팔더라도 당신들은 반드시 기억해야 합니다.
공기는 우리에게 소중하며 모든 목숨이 그 기운을 똑같이 나누어 갖는다는 것을.

바람은 우리 조상에게 첫 숨을 쉴 수 있게 해 준 것처럼
마지막 숨도 거두어 갑니다.

바람은 또한 우리 아이들에게 살아 있음을 깨닫게 해 줍니다.

그래서 만약 우리가 당신들에게 우리 땅을 팔더라도
당신들은 반드시 공기를 잘 지켜 그 성스러움을 함께
나누어야 할 것입니다. 백인들도 풀밭에 핀
달콤한 꽃향기 머금은 바람을
맛보러 갈 수 있게 말입니다.

어쨌든 우리는 우리 땅을 사겠다고 하는 당신들 제안을 깊이 생각해 보겠습니다.

만약 우리가 그 제안을 받아들이더라도 한 가지 조건이 있습니다.

백인들이 이 땅의 짐승들을 형제처럼 대우해 달라는 것입니다.

나는 미개인이어서 그런지 짐승들을 함부로 하는 것을 이해하지 못합니다.

나는 초원에 쓰러져 죽어서 썩어 가는 수천 마리 들소들을 본 적이 있습니다.

지나가는 기차에서 백인들이 총으로 쏘아 죽이고 그대로 내버려 둔 들소들이었습니다.
나는 미개인이어서 그런지 이해할 수 없습니다. 어째서 연기를 내뿜는 *쇠붙이 말이
들소보다 더 중요한지를. 우리는 오직 먹고살기 위해 어쩔 수 없을 때만 들소를 잡는데 말입니다.

*쇠붙이 말: 기차

짐승들 없이 사람이 어떻게 살 수 있단 말인가요?
만약에 모든 짐승이 다 죽어 버린다면 사람들도
영혼의 쓸쓸함을 견디지 못하고 모두 죽게 될 것입니다.

짐승들에게 일어나는 일은 무엇이든지 사람에게도 곧
일어납니다. 모든 것은 서로 인연이 닿아 있기 때문이지요.

당신들은 아이들에게 가르쳐야 합니다.
아이들이 발로 딛고 선 땅은 곧 우리 조상의 뼈라는 것을.

또 당신들은 아이들에게 말해 주어야 합니다. 아이들이 땅을 존중할 수 있도록, 우리 피붙이의 삶과 함께 땅이 기름져 왔다는 것을.

또 아이들에게 가르치십시오. 우리가 우리 아이들에게 가르친 대로, 땅은 우리 어머니란 것을.

지금 사람이 땅에다 하는 일은 뒷날 아이들에게 그대로 되돌려질 것입니다.

만약에 사람이 땅에다 침을 뱉으면 그것은 곧 자기 자신에게 침을 뱉는 것과 같습니다.

우리가 알기로는, 땅이 사람에게 딸려 있는 것이 아니라 사람이 땅에 딸려 있습니다.

또한 우리가 알기로는, 모든 것은 한 식구를 이어 주는 핏줄처럼 서로 이어져 있습니다. 이 세상 모든 것이 그러합니다.

세상 목숨의 그물은 사람이 맘대로 짜는 것이 아닙니다. 사람은 다만 그 그물 속 한 가닥 실에 지나지 않습니다.

그래서 그 목숨의 그물에다 하는 짓은 자기 자신에게 하는 짓과 다를 바 없습니다.

어쨌든 우리는 우리 부족을 위해 당신들이 마련해 준 곳으로
가라는 당신들 제안을 깊이 생각해 보겠습니다.

우리 아이들은 이미 그들의 아버지가
백인들에게 져서 욕을 당하는 모습을 보았습니다.

우리 전사들은 이미 부끄러움을 느꼈으며,
싸움에서 진 뒤로는 그저 빈둥거리며 놀거나
달콤한 음식과 독한 술에 절어 그 몸을 더럽히고 있습니다.

우리가 얼마 남지 않은 나날을 어디서 보내는가는
그래서 별일도 아닙니다.

세월이 조금 더 흘러 겨울이 몇 번 더 지나고 나면, 한때 이 땅에 살며
작은 무리를 지어 숲속을 떠돌던 위대한 부족의 후손은 사라질 것입니다.

그리하여 한때는 당신네 백인들처럼 기운차고 희망찼던
이 부족의 무덤 앞에서 슬퍼해 줄 사람은 아무도 없을 것입니다.

그렇지만 내가 왜 우리 부족이 사라지는 것을 슬퍼해야 합니까?
부족은 사람이 모여 만든 것일 뿐, 그 이상은 아닙니다.
사람들은 마치 바다 물결처럼 왔다 갔다 할 뿐입니다.
백인들은 마치 그 자신이 신과 동무라도 되는 듯 여길지 모르지만
그런 백인들이라 해도 이 같은 운명에서 벗어날 수는 없습니다.
우리는 결국 한 형제라는 것을 우리 모두 알게 될 것입니다.

백인들도 언젠가는 깨닫게 될 것입니다. 우리 신도 당신들이 믿는 신과 똑같은 신이라는 것을.
당신들이 우리 땅을 차지하고 싶어 하듯 신도 차지할 수 있다고 생각할지 모르지만, 그것은 가당찮은 일입니다.
신은 사람이 아니라 신이며, 신이 베푸는 사랑은 우리 원주민에게나 당신네 백인들에게나 똑같습니다.
이 땅은 신에게 소중하기 때문에 땅을 해치는 것은 곧 창조주인 신을 욕보이는 것과 같습니다.

백인들도 우리와 마찬가지로 언젠가는 사라질 것입니다. 어쩌면 다른 어떤 종족보다 더 빨리 사라질지도 모릅니다.
이런 짓이 당신들 잠자리를 더럽히는 데까지 이어진다면, 어느 날 밤 당신들은 자신이 버린 쓰레기 때문에
숨이 막혀 죽을지도 모릅니다.

바로 그렇게 멸망할 때 당신들은 비로소 환하게 빛날 것입니다.

왜냐하면 당신들에게 이 땅을 선사한 신이 바로 당신들을 불태울 테니까요.
신이 어떤 특별한 목적으로 당신들에게 이 땅과 우리 원주민을 다스리게 했다면 말입니다.

이 운명은 우리에게 수수께끼와 같습니다. 우리는 이해하지 못합니다. 왜 수많은 들소 떼가 총에 맞아 죽어야 하는지,
왜 야생마들이 닥치는 대로 잡혀가 길들여져야 하는지, 왜 숲속 비밀스러운 모퉁이가 수많은 사람 냄새로 뒤덮여야 하는지,
왜 곡식과 과일로 가득한 언덕의 아름다운 풍경이 *말하는 줄로 더럽혀져야 하는지……

우거진 덤불은 어디에 있나요?

사라져 버렸습니다.

독수리는 어디에 있나요? 사라져 버렸습니다.
날쌘 조랑말을 타고 사냥하는 것도 이제는 안녕입니다.

이것이 무엇을 뜻할까요? 남과 함께 살아가는 일은 이제 끝났으며,
오직 남과 싸워서 살아남는 일이 시작되었음을 뜻합니다.

어쨌든 우리는 우리 땅을 사겠다는 당신들 제안을 깊이 생각해 보겠습니다.
만약에 우리가 그 제안을 받아들이면 우리는 당신들이 약속한
보호 구역이라는 곳에서 살게 되겠지요.
아마도 우리는 거기서 얼마 남지 않은 우리 삶을 끝내게 될지도 모릅니다.

우리 중 마지막 원주민이 이 땅에서 사라질지라도, 그리고 그 기억이 다만 초원을 가로지르는 구름 그림자에만 남아 있을지라도, 이 강기슭과 숲은 우리 부족의 넋을 지켜 줄 것입니다.

마치 갓난아기가 그 어머니의 심장 고동 소리를 사랑하듯, 그 넋이 이 땅을 사랑할 수 있도록.
그러기에 만약 우리가 당신들에게 이 땅을 팔더라도, 당신들은 우리가 그러했듯이 이 땅을 사랑해 주십시오.
또 우리가 그러했듯이 이 땅을 잘 돌봐 주십시오.

당신들이 이 땅을 처음 밟았을 때 보았던 그 모습, 그 기억을 잘 간직하십시오.
그리고 당신들 후손들을 위해 온 힘을 다하여, 온 정성을 다하여, 온 마음을 다하여 이 땅을 지키고 사랑해 주십시오.
마치 신이 우리 모두를 지키고 사랑하듯이.

우리가 한 가지 아는 것이 있다면, 우리 신도 당신들이 믿는 신과 다를 바 없는 신이라는 것입니다.
결국 우리는 한 형제라는 것을 우리 모두 알게 될 것입니다.
신에게 땅은 소중합니다. 백인들이라고 해서 이 같은 운명에서 벗어날 수는 없습니다.

'인디언' 이란 말은 잘못 쓰는 말이야.

'인디언' 이란 말은 이탈리아 출신의 선장 크리스토퍼 콜럼버스가 1492년 아메리카 대륙에 도착하기 전부터 아메리카 대륙에 살고 있던 원주민을 가리키는 말이야. 사실 아메리카 원주민을 '인디언' 이란 이름으로 부르지 않았어. 콜럼버스 선장이 스페인 이사벨라 여왕이 준 배 3척과 선원 90명을 이끌고 오랜 항해 끝에 도착했던 대륙이 '인도' 인 줄 알고, 인도에 사는 사람을 뜻하는 '인디오(에스파냐어로 인도인)' 라고 불렀던 데서 유래된 거야. 아메리카 대륙 동남부, 지금의 서인도 제도에 도착한 콜럼버스는 아메리카 대륙을 인도로 착각하고 그곳 원주민을 '인디언' 이라 불렀는데, 그는 죽는 날까지 인도로 가는 무역로를 개척한 줄로만 알았다고 해. 콜럼버스 선장이 잘못 지은 '인디언' 이란 이름은 그 후 아메리카 대륙에 사는 원주민을 일컫는 말로 굳어져 버리고 말

앉어. 남아메리카 원주민은 '인디오', 북아메리카 원주민은 '인디언'으로. 유럽인 한 선장의 실수로 어처구니 없는 이름이 굳어져 버린 것이지. 따라서 아메리카 원주민을 '인디언'이라 부르는 것은 잘못이야. '아메리카 원주민'이라 불러야 맞아.

아메리카 원주민의 문화

아메리카 원주민은 자연은 사람과 더불어 살아야 할 형제자매이고, 공경해야 할 부모이며, 모든 동식물과 숲과 강은 하나의 생명의 원으로 동등하게 이어져 있다고 믿었어. 북아메리카에 콜럼버스가 도착했을 당시 계급과 신분 제도가 없이 차별 없이 생활했지. 네 것 내 것 없이 평등하게 평화롭게 사는 부족 공동체 사회였던 거야. 아메리카 원주민은 부족 공동체를 중심으로 생활하면서 자연에서 먹을거리를 살아갈 만큼만 얻어 생활하면서 소유와 축적 대신 나눔과 공생의 아름다운 문화를 발전시켰어. 그러나 콜럼버스 이후 아메리카에 쳐들어온 유럽의 백인들은 돈과 황금에 눈이 멀어 대대로 내려온 아메리카 원주민의 문화를 무참히 짓밟았어. 백인들은 드넓은 아메리카 땅을 빼앗기 위해 원주민들을 삶의 터전에서 내쫓기 시작했어. 1492년 콜럼버스가 아메리카에 상륙할 낭시, 아메리카 원주민의 수는 6천만~7천만 명 정도였을 것으로 짐작되는데, 200년도 지나지 않아 백인들의 총칼에 죽임을 당하고, 백인들이 아메리카에 가지고 들어온 질병인 홍역, 콜레라, 장티푸스, 디프테리아, 이질 따위에 감염되어 원주민의 95%가 몰살당하고 말았어. 그 많던 원주민이 20세기 초에는 불과 수십만 명으로 줄어들고 말았지. 그나마 살아남은 사람들은 백인들이 지정한 보호 구역(reservation)에 갇혀서 살아야 했어. 말이 보호 구역이지 철조망을 친 포로수용소와 다름없어. 백인들은 아메리카 원주민에게 시민권은커녕 영주권조차 주지 않은 채, 포로로 가두었던 거야.

그리고 원주민 종족이 늘어나는 것을 막기 위해 많은 여성에게 강제로 불임 수술을 시키기도 하는 잔인한 행동을 하기도 했어. 백인들은 아메리카 원주민의 땅을 빼앗으면서 수많은 조약을 써 주었지만, 백인들은 새로운 땅이 탐나면 번번이 자신들이 맹세한 그 조약을 어기고 침략을 했어. 그렇게 야금야금 거대한 아메리카

땅덩어리를 모두 빼앗았던 것이지. 그러나 아메리카 원주민의 자연을 공경하고 서로서로 한목숨처럼 돕고 살았던 아름다운 문화는 땅속을 흐르는 샘물처럼 이어져서 앞으로 인류가 배워야 할 거룩한 문화의 뿌리로 널리 퍼지고 있어. '시애틀 추장의 편지'에 나오는 시애틀 추장의 말을 잘 새겨들어 봐. 아메리카 원주민 문화의 알맹이들이 마음속 깊이 와 닿을 거야. 우리가 자연과 더불어 평화롭게 살 길이 보일 거야.

아메리카 원주민의 역사

아메리카 원주민의 조상은 아시아의 몽골 인종이야. 아주아주 먼 옛날 빙하 시대 말, 2만~3만 년 전에 시베리아에서 살던 몽골족이 사냥터를 찾아 떠돌다가 베링 해협에서 알래스카로 이어져 있던 육로를 건너 북아메리카로 이주해서 아메리카 대륙 곳곳으로 퍼져 살았다고 해. 원주민들은 곰이나 버펄로를 사냥해 먹을거리로 삼았으며, 감자나 토마토, 옥수수 같은 작물을 농사지어 생활을 했어. 콜럼버스가 아메리카 대륙에 도착한 후 16세기 들어 유럽 열강이 아메리카 대륙 곳곳을 침략하며 식민지로 만들어 나갔어. 아메리카 대륙은 유럽인들이 가지고 싶었던 모든 천연자원을 품고 있는 황금의 땅이었어. 유럽의 4배에 달하는 넓은 땅에는 황금과 광물이 넘쳐났고 숲과 강, 기름진 들녘이 끝없이 펼쳐져 있었어. 아메리카 대륙의 발견이 유럽인들에게는 흥분과 번영의 계기였지만 아메리카 원주민 입장에서는 수난이 시작되는 출발점이었어. 유럽 백인들이 미친 듯이 해 대는 아메리카 대륙의 식민지 개척은 원주민에게는 평화롭게 행복하게 살던 낙원의 파괴 과정이었어. 서구 유럽인들은 아메리카 대륙을 정복의 대상으로만 여겼어. 영국, 스페인, 프랑스, 포르투갈, 이탈리아 같은 나라들이 아메리카 대륙 곳곳을 침략해서 말뚝을 박아 경계를 세운 다음 그 자리를 자신의 영토라고 선언하면, 원주민은 죽임을 당하거나 다행히 살아도 노예가 되었지. 원주민들은 유럽인의 눈에 참으로 성가신 야만인으로 보였어.

16세기 이후 더 심해진 유럽 국가의 신대륙 개척 과정에서 선두 주자는 단연 스페인이었어. 스페인은 중앙아메리카와 남아메리카의 대부분 지역 그리고 현재 미국의 남서부 지역을 점령했어. 특히 1520년을 전후해

멕시코의 아스테카 왕을 정복함으로써 스페인 국왕의 창고는 뺏앗아 온 금은보화로 가득 찼다고 해. 포르투갈은 현재의 브라질 지역을 개척하기 시작했고, 프랑스는 주로 지금의 캐나다 지역에서 영향력을 행사했어. 북아메리카 원주민의 수난사에서 주된 가해자가 된 영국은 신대륙 개척에 뒤늦게 참여했지만, 북아메리카 서부를 개척해 나가면서 토지와 부를 엄청 얻었지. 반면에 원주민들은 서쪽으로 내몰리면서 삶의 근거지를 하나씩 잃게 되고 말았어. 대륙을 조금씩 점령해 들어가던 백인들은 아메리카 서쪽 끝에서 날아온 기적 같은 소문을 듣게 되었어. 1848년 캘리포니아에서 황금

이 대량으로 발견되었는데, 일확천금을 노린 사람들이 서쪽을 향해 구름같이 몰려들었어. 백인들로서는 가슴 설레는 이 사건이 원주민에게는 최후의 순간을 의미하는 것이었어. 백인들을 실은 수천수만 대의 마차가 서부를 향해 달렸는데, 그 지나는 길에는 당연히 원주민의 영토가 포함되어 있었어. 미국 대륙을 횡단하는 철도가 놓이면서는 무시무시한 철마(기차)가 원주민 영토를 가로지르기 시작했지. 미국은 대륙 횡단 철도로 노동자와 물자와 군대를 실어 나르면서 한편으로는 아메리카 대륙의 서부를 본격적으로 개척하기 시작했고, 그 과정에서 대륙 전체에 대한 장악력을 높였으며 원주민들을 멸종시켜 나갔지. 결국 아메리카 대륙의 원래 주인이었던 수천만의 원주민들은 거의 다 멸종되고, 그나마 살아남은 원주민은 보호 구역으로 내몰리고 말았어.

아메리카 원주민의 오늘

미국 정부는 1924년 아메리카 원주민에게 시민권을 주었어. 그리고 원주민의 참정권 박탈은 헌법에 위반된는 판결이 1948년 애리조나에서 처음 내려진 후 원주민에게 참정권도 주어지되기 시작했지. 하지만 원주민에게는 시민권과 참정권이 축복일 수 없었어. 원주민에게 미국인으로서 자격을 부여하는 정책은 원주민의 문화

를 없애고 백인 문화에 흡수·동화시키려는 의도가 숨어 있었기 때문이지. 백인들은 자신들의 문화가 원주민 문화보다 우월하다고 믿었고, 원주민을 미국 문화에 동화시키는 일을 당연하게 여겼어. 그것은 원주민들의 저항감과 복수심을 누그러뜨리려는 거지. 현재 미국에는 약 500개의 부족이 278개의 원주민 보호 구역에서 살고 있어. 하지만 전체 인구의 3분의 1 정도만 원주민 보호 구역에서 농사나 목축, 고기잡이를 하면서 생활하고, 3분의 2 이상이 원주민 보호 구역을 떠났어. 주로 교육이나 취업이 이주 목적인데, 그만큼 원주민 보호 구역에서의 생활이 만족스럽지 않다는 거야. 한때 전체 아메리카 대륙의 주인이었던 원주민들이지만, 이제는 소수 민족이자 소외된 존재로 밀려나고 말았어. 중남미 지역에서도 원주민은 소수 백인의 지배하에 사회적 불평등과 경제적 빈곤에 시달리고 있어.